O FILHO DO GARIMPEIRO

Catalogação na Fonte
Elaborado por: Josefina A. S. Guedes
Bibliotecária CRB 9/870

Amorim, Elisabeth
A524f O filho do garimpeiro / Elisabeth Amorim. - 1. ed. -
2023 Curitiba : Appris, 2023.
45 p. ; 21 cm.

ISBN 978-65-250-4062-2

1. Ficção brasileira. 2. Garimpo - Diamantina, Chapada (BA).
I. Título. II. Série.

CDD – 869.3

Appris editora

Editora e Livraria Appris Ltda.
Av. Manoel Ribas, 2265 – Mercês
Curitiba/PR – CEP: 80810-002
Tel. (41) 3156 - 4731
www.editoraappris.com.br

Printed in Brazil
Impresso no Brasil

Elisabeth Amorim

O FILHO DO GARIMPEIRO

FICHA TÉCNICA

A meu esposo, Edmilson Amorim (in memorian),
sempre presente em minha vida.
Lucas Amorim e Marcos Amorim, dois tesouros.
Isabelle e Luiza duas garotinhas lindas, netas amadas.

PREFÁCIO

O filho do garimpeiro é um convite para uma deliciosa aventura, por que não dizer, um prazeroso passeio pelas narrativas com que Elisabeth Amorim nos presenteia. Um aguçar de nossa imaginação. Cenários vivos que nós, leitores, vamos desenhando e criando a cada nova dobra, a cada texto apresentado. Contextos com personagens fortes e peculiares. Em cada conto, uma nova paisagem, uma nova narrativa.

Um livro para todas as idades. Uma obra que além de denunciar as mazelas de uma ambição dos exploradores do garimpo, também é marcada pela subjetividade das personagens. As diferenças marcantes na pessoa de um "Gago", por não ser compreendido, acaba sendo explorado, violentado e excluído da vida em sociedade. O que falar de Dona Femina? Uma mulher negra, suas lutas e resistências traduzidas em suas escritas. Sem falar da sensibilidade do jovem narrador.

Elisabeth Amorim traz uma narrativa singular, uma escrita como tecnologia de subjetividade que faz o leitor se deslocar para outra realidade e, reconhecer a vivência na Fazenda Diamantina, que o narrador traz nos detalhes de cada cena apresentada.

Se o Filho do Garimpeiro se sentou à beira do rio, sentei-me numa rede para melhor apreciar os causos por ele narrados. Por um instante senti o cheiro do almoço e a brisa vindo das águas. Um jovem narrador que toca em problemáticas urgentes para nossa sociedade contemporânea. A literatura indo além da arte pela arte. Arte literária construindo pontes para reflexões importantes de situações pouco apresentadas nos textos de grande circulação.

Beth, como costumo chamá-la, apresenta uma literatura que retrata vozes silenciadas. Uma literatura que precisa ir para os espaços de sala de aula. Uma literatura que possibilita um legado para nossa gente, porque diz muito de muitos de nós.

Não estamos, aqui, trazendo a escrita literária como redentora, mas sem ela não avançaremos naquilo que podemos chamar do linguístico e do literário atravessado pelas vozes excluídas e silenciadas ao longo de muitos anos a fio.

É preciso que o ecoar de vozes encontre cada vez mais autoras como Beth Amorim e suas narrativas singulares. Narrativas que retratam um contexto, mas que também podem ganhar outros cenários. A Fazenda Diamantina desterritorializando tantos outros espaços invisibilizados.

É mais que necessário que esta obra chegue às salas de aulas de nossas escolas, às praças, aos coletivos e às feiras literárias.

Petrolina/PE, 24 de julho de 2022

Nazarete Andrade Mariano

Doutoranda em Crítica Cultural

Professora da Universidade de Pernambuco

SUMÁRIO

1
O GARIMPO ENQUANTO ESCOLA 11

2
O SONHO DESFEITO 15

3
A QUEIMA DE ARQUIVO 21

4
A DONA FEMINA 23

5
O FILHO DO GARIMPEIRO 31

EPÍLOGO 43

1

O GARIMPO ENQUANTO ESCOLA

Era tudo tão natural naquele garimpo; parecia que todos aqueles homens haviam nascido para sofrer e sonhar ou sonhar e sofrer. E, entre aquela pequena aglomeração de machos descamisados, meu pai. Negro que só! Reluzia ao sol; concentrado, balançava a peneira, primeiro de modo veloz, depois o ritmo ia diminuindo, diminuindo... Os olhos cresciam, mas o brilho esperado não surgiu. O sonho de bamburrar continuava.

A Chapada Diamantina era dura! E tinha vários donos mais duros ainda, igual àquela terra rachada da dureza do sol e da seca. Donos do garimpo, donos do rio, donos dos diamantes, donos das leis e dos fora-da-lei. Donos das ferramentas. Donos até da nossa vidinha besta. As enchentes costumavam levar alguns barrancos, e homens trabalhadores eram engolidos vivos. As minas só protegiam seus donos, sempre cada vez mais ricos. E quanto mais ricos ficavam mais tiravam de nós. Quando uma pedra mixuruca era achada, a conta nunca batia com a conta dos donos, malmente o garimpeiro ficava com o dinheiro da pinga, isso quando não arranjava uma mulher para tirar o troco que restava.

Nem sei com quantos anos passei a frequentar esse lugar, só sei que não conhecia outra vida a não ser a de cascalho, poeira e muita necessidade. Meu pai, homem forte, meio caladão, só não podia beber, porque cometia desatinos. A cachaça podia até trazer alegria e esquecimento para ele, mas causava uma dor muito grande para minha mãe. Era chegar bêbado em casa, a confusão começava. Implicava porque o rádio estava ligado, com o sal da comida, outra hora dizia que não tinha sal algum, água do pote estava quente. Já sabe o final dessa peleja, não é mesmo? E minha mãe tinha que se virar para vender ovos, umbu, vassoura de palha, esteira... para comprar um novo pote. Só não entendia por que ela não saia de casa, era eu quem ia entregar as encomendas e repor o que faltava em casa. Minha mãe era uma negra forte muito linda.

Quando meu pai bebia sempre dizia que era a última vez que tocava naquela maldita cachaça, mas a última mesmo nunca chegava. Passava um tempinho, recomeçava a bebedeira em dobro. Eu sabia que ele ficava violento, inquieto, como se eu tivesse culpa dos problemas, sumia das suas vistas, andava na pontinha dos pés para não ser notado. Um dia a cachaça foi muito, e ele resolveu treinar uns safanões na minha mãe. Não prestou! Minha mãe pegou uma tigela de água quente e arremessou em sua direção. Só que bêbado tem um Anjo da Cachaça que o protege, porque apronta e sai ileso, só pegou uns respingos, enquanto minha mãe teve a mão queimada. Foi só aquela vez que presenciei essa cena de violência doméstica. Acho que meu pai percebeu que minha mãe tinha sangue nos olhos, como diziam os mais velhos no garimpo quando conheciam uma mulher valente. Tinha vez que ele queria saber se eu era macho de verdade, para tal eu teria que falar quem era a minha namorada. De sol a sol no juízo, nem tempo sobrava para pensar em mulher na minha meninice. Mas o Zé Grande, como chamavam meu pai, sabia ser persistente:

— Fala, *home*! Você é macho de verdade? Na sua idade, as *mina* fazia fila!

Ah, meu pai dizia, muito orgulhoso que aprendera a ler de carreirinha sozinho porque, para ir à escola tinha que ter dinheiro para comprar farda, livros e sapato. E a pobreza é hereditária. Mas eu tinha certeza de que quebraria essa herança maldita. Bem que as pessoas dizem que há sempre mais de uma opção, ou correr para o garimpo ou ir para as roças lá para as bandas de Itaberaba, terra do abacaxi, ou até se aventurar a chegar até as plantações de abóboras na cidade de Iaçu. Pelo menos ainda tinha o doce Rio Paraguaçu — de sede ninguém morria por lá. Todavia o sonho persistia. No dia em que a pedra brilhasse naquela peneira, a vida mudaria. Só que, apesar de ele não ter ido para a escola, aprendera na prática a sobreviver, coisa que nem sempre a escola ensina. Porque o direito à vida é ensinando aos alunos, mas não ensinam nada disso aos donos dos garimpos, e, por qualquer verdade, um garimpeiro perdia sua vida.

Aos 10 anos, eu já estava bem familiarizado com o garimpo, era um moleque de recado dos garimpeiros. Um precisava de fumo, chamava o "Filho do Garimpeiro", e eu saia em disparada para a quitanda de Seu Manoel. Não era só fumo, mas bolacha, sardinha, farinha... Lá só não levava cachaça, porque o trabalho era perigoso; sem beber de vez em quando, um ficava preso... Não tinha ninguém ali com quem eu pudesse conversar, e passei observar os movimentos, e sabia que um dia a sorte sorriria para mim. Talvez ela estivesse correndo de Zé Grande, meu pai, porque ele bebia, xingava, quebrava coisas lá em casa. Mesmo presenciando o espetáculo grotesco que a bebida fazia com ele, aquela cena não faria parte da minha vida.

E o garimpo foi a minha primeira escola, a escola da vida. Mas acho que não fui um bom aluno, aprendi tudo às avessas. As lições vieram e as aprendizagens também. Eu via meu pai conversar com Sem Orelha; eles eram amigos, porém nem sempre foi assim. Eles diziam que já houve tempo que os dois se estranharam, acho que foi alguma mulher, mas nenhum deles negava, nem confirmava. Batia uma curiosidade para saber o porquê daquele nome tão estranho. Às vezes fazia de tudo para ver o tamanho das orelhas de Sem Orelha, mas ele, além de amarrar um lenço, tinha um chapéu gigante na cabeça. Parecia que Sem Orelha nascera com chapéu colado. Ali eu aprendi que as pessoas trocam de identidade conforme as particularidades de cada um: Piauí, Sem Orelha, Zé Grande, Filho do Garimpeiro, Pé de Pato, Capanga Suja, Mário Periquito, Mané Cheira Calcinha entre outros.

2

O SONHO DESFEITO

Naquela tarde, eu devia ter uns 13 anos, já usava a peneira igualzinho meu pai, e de repente um grito engasgado, mas foi um grito:

— **EEEEEEU BAM... BAM... BAM... BAMBURREI! EEEU AGO... GO... GO... GORA TÔ... TÔ... TÔ... RI...RI...RICO!**

Tião Gago estava eufórico. Contava para todos os seus parceiros mais próximos que tinha achado a pedra do sonho. E a gritaria foi geral; uns queria saber o que Tião Gago faria com a pe pe pe pedra, só para rir do pobre Tião. Na sua alegria e ingenuidade, nada percebia quanto a inveja rondava um garimpo. Parecia que os donos do garimpo tinham ouvidos ali nos cascalhos, e em poucos minutos vieram à caça de Tião Gago, aliás, do diamante que ele havia achado. E, se a ferramenta é dos donos, a comida foi comprada na Quitanda do Manoel, mas, na verdade, seu Manoel não passava de um empregado dos donos do garimpo, das enxadas e dos votos.

— Sebastião, já sabemos da novidade! E, para não correr risco de ser engando na cidade pelas mulheres damas que virão atrás de você, vamos levar a pedra para o cofre, e de lá levamos para Sr. Bonifácio analisar.

Tião conservava o sonho de um dia dormir com seu diamante, que mudaria sua vida. E tenta responder da forma mais clara possível, mas já nervoso com tantos cavalos e cavaleiros à sua volta.

— Eu eu eu que que quero fi fi fi ficar com com...

E é interrompido:

— Nós sabemos que você confia em nós. Por isso que viemos aqui. Cadê a pedra? Passa para cá!

— Não não não é i i i i isso que que que quero di di di...

— Sebastião, eu sei que você não quer dinheiro agora. Por isso que vamos levar.

Sem nenhum cuidado, laça o pobre Tião e puxa a pedra das mãos calejadas de Tião Gago. O sonho dele durou muito pouco, agora vai depender dos donos do garimpo para dizer se a pedra era ou não valiosa. Ele sabia que aquela pedra tinha muito valor. Seu amigo Zé Grande também avaliou e disse que era uma pedra de valor sem igual vista naquelas áreas. Tião Gago ainda tentou seguir os cavaleiros, mas uma chicotada foi o bastante para fazê-lo parar, pois o garimpo esperava por ele. A lição que aprendi naquele dia jamais esqueci: nunca devemos revelar o nosso tesouro para ninguém. Passei a andar preparado, vigilante e atento para quando minha pedra brilhasse; nem meu pai saberia ali, porque ele poderia sair correndo para um bar e no mesmo instante tudo se perder.

Todos os dias os amigos de Tião Gago perguntavam se os donos do garimpo deram notícia da pedra, e a resposta era a mesma:

— Nã nã não!

Capanga Suja e Mário Periquito não aguentaram de curiosidade e aconselharam Tião Gago a ir até a Fazenda dos Donos do Garimpo pedir uma explicação. Não era justo Tião Gago se acabar naquele inferno e não ter lucro nenhum. Tião Gago tinha receio porque seu vocabulário era reduzido, e os donos entendiam conforme a conveniência. Ele precisava de alguém que pudesse ser o papa-língua, para que os donos do garimpo não tirassem proveito. Mário Periquito e Capanga Suja não aceitaram o convite, pois temiam a reação dos homens, mas, como bons de papo, indicaram alguém que sabia o que Tião Gago diria, antes mesmo de terminar a frase:

— Filho do Garimpeiro, Tião! Ele é esperto, inteligente e pode ir contigo. Mas você vai ter que pedir a Zé Grande para ele deixar o menino ir contigo.

Zé Grande não gostou muito da ideia de ver o filho metido nas querelas do garimpo, mas, como Tião Gago prometera recompensá-lo, aceitou, na condição de não colocar seu menino numa roubada. E, sem nenhum aviso prévio, vi-me metido naquela confusão, muito clara para mim, apesar da minha pouca idade. Os donos do garimpo se apropriaram da pedra de Tião Gago, um homem simples, sem nenhuma família naquele local para brigar por herança. Fazer o quê? Eu, molecote, servir de tradutor... como eles diziam, o papa-língua. Sei não, já sabia que naquela fazenda aconteceriam coisas que marcariam a minha vida.

E assim partimos para a Fazenda Diamantina, onde os donos do garimpo moravam. Era uma caminhada boa... Só lembrando que havia exatamente oito dias que a pedra surgira e desaparecera das mãos calejadas do pobre Tião Gago. Chegando lá, foi combinado que eu falaria, já que Tião Gago estava muito nervoso. E, daquele jeito, não saía frase nenhuma. Ao batermos à porta, fomos recebidos por uma empregada, que logo se engraçou para o meu lado. Também, eu aparentemente era um moço alto, pele queimada do sol, olhos castanhos claros e cabelos pretos — promessa de um belo homem. E a mocinha, quase tão jovem quanto eu, ofereceu-me água ou copo de suco enquanto avisava o patrão, mas teria que beber rápido, antes de alguém ver... Não aceitei. De repente ela pergunta:

— Com quem mesmo vocês querem falar?

E Tião Gago responde:

— Cum, cum, cum o don don...

A moça, com um sorriso faceiro, interrompe:

— Seu Donato não está aqui. Pode ser Seu Carlinhos?

Tião Gago balança a cabeça de forma afirmativa — parecia mais seguro o gesto do que falar na sua língua de gago com pessoas impacientes. Para os garimpeiros, todos eles da Fazenda Diamantina eram donos. E a empregada saiu rebolando com um sorriso de orelha a orelha para mim. Naquele momento, Tião Gago teve a certeza de que, se não fosse por mim, Filho do Garimpeiro, nem seria recebido naquela casa por aquela moça risonha.

Não demora, o Dono Carlinhos do Garimpo chega e, quando percebe que era Tião Gago, finge não o reconhecer. Com cara de poucos amigos, pergunta:

— O que você quer? Se quer trabalhar no garimpo, não estamos contratando... O negócio está ruim por aqui.

Tião Gago olha desesperado para o Dono Carlinhos do Garimpo e para mim, como se me pedisse socorro. Eu entendi na hora a mensagem dos dois homens e atendi Tião, já que o outro nem sequer havia notado minha presença ao seu lado.

— Boa tarde, senhor! O Sebastião já trabalha no garimpo da sua família há muitos anos. E na semana passada ele encontrou uma pedra grande e quer saber o valor da pedra que o senhor e seus irmãos a pegaram.

Sim, para o garimpo eu realmente era um molecote, mas, como disse, cresci naquele garimpo e aprendi as malandragens dos garimpeiros quando queriam tirar sarro da cara do outro. E aquele senhor cheio de anéis de ouro, correntes e relógios não faria Tião Gago de bobo na minha frente.

— Oh, menino! Vá ficar lá fora! A conversa aqui é de adulto. VÁ AGORA!

Aquele senhor sabia que Tião Gago estava apavorado; tirar o adolescente da sala era a maneira que ele achara de intimidar o coitado, que estava vermelho feito pimentão. Só que ele não contava com a coragem de um certo Filho do Garimpeiro, que de pronto respondeu:

— Senhor, meu tio está nervoso, e ele é gago, por isso que estou aqui. Nós sabemos que o senhor e seus irmãos são muito ocupados e esqueceram de retornar para prestar contas, afinal, para vocês, é apenas uma pedra como outra qualquer, mas, para meu tio, é uma vida de trabalho.

— Certo, certo. Realmente, não tivemos tempo de avisar. Mas a pedra foi jogada fora, não teve valor algum. Sabe aquele ditado "ouro de tolo"? Não voltamos porque os garimpeiros gostam de fofocar a vida dos patrões, e ririam da nossa cara por termos perdido tempo com um cascalho como outro qualquer.

Aquilo nos deixou indignados, uma mentira deslavada. O homem cheio de ouro parecia que não tinha ideia de que estava conversando com um filho de garimpeiro e um homem experiente. Tião tentou balbuciar algumas palavras de discordâncias, mas não conseguiu sair do "mamamamamamais...". Já o molecote de 13 anos não se convenceu:

— O senhor jogou fora? Todos que viram pensam diferente. Zé Grande conhece, Sem Orelha também conhece, Mário Periquito... ali todo mundo que viu o achado reconheceu que Tião Gago bamburrou, sim. Até eu também vi...

Dessa vez, o Dono Carlinhos do Garimpo, sem opção para não ser incomodado, começa a gritar e chamar os capangas:

— VÃO SAINDO! JÁ PERDI MUITO TEMPO COM VOCÊS! E NÃO QUERO MAIS OUVIR FALAR SOBRE ESTE ASSUNTO. A PEDRA JÁ DISSE QUE JOGAMOS FORA.

Tião Gago sabia que aquela pedra mudaria sua vida, e mudou mesmo. Não conseguiu se conter e, mesmo arrastado pelos capangas do Dono Carlinhos do Garimpo, gritou:

— **LA LADRÃO! LADRÃO! Ro ro ro ro roubou minha pe pe pedra!**

Apesar da minha pouca idade, eu soube que Tião Gago assinou ali a sua própria sentença; qualquer um, por bem menos, foi parar na terra dos pés juntos. Ganhei um empurrão e caí sentado perto da poça em frente à fazenda. Levantei de um salto, mas agarrei o braço forte de Tião Gago e puxei para correr comigo. Corremos, em zigue-zague, não buscamos a estrada, mas nos embrenhamos no mato com os espinhos nos arranhando — era a única forma de chegarmos vivos. Depois de um certo tempinho, fiquei pensando: por que a gagueira de Tião não funcionou na hora de xingar o dono do garimpo? Por que aquele "ladrão" teve que sair da boca de forma tão perfeita? Eu tinha certeza de que o Dono Carlinhos do Garimpo ouviu, e, mesmo que não tivesse ouvido, os capangas quebra-faca contavam. A única certeza que carregava era de que o sonho de Tião Gago era também o meu sonho e de todos que viviam no garimpo: um sonho desfeito.

3

A QUEIMA DE ARQUIVO

Cheguei em casa sem nenhum tostão e com muitos arranhões. Meu pai pediu para eu não comentar nada com ninguém, não queria que aquilo rendesse mais ainda, porque eles não deixariam um garimpeiro sem eira nem beira como Tião Gago manchar o nome de cidadãos de bem. E o melhor era eu ficar uns dias escondido, já que fui testemunha da ofensa. Todo esse cuidado de meu pai tinha alguma razão de ser, e, por precaução, nem falei que enfrentei a fera na própria jaula. Na verdade, eu sabia que minha vida também estava em perigo, eu estava com Tião... Eu estava com Tião... Eu estava com Tião.

Pai pediu também para que eu rezasse pela alma de Tião Gago, porque este não duraria muito naquelas bandas; as emboscadas eram constantes. E aquilo foi nascendo dentro de mim, uma revolta tão grande em relação aos donos do garimpo exploradores, minha vontade de denunciar era grande. Quem ouviria, se eles eram donos de tudo, até da minha vontade? O que uma pessoa de 13, 14 anos poderia fazer? Eu bem que podia dar alguns pitacos, mas na minha idade, homem nenhum me ouviria, a não ser se eu saísse daquele local para mostrar o meu outro lado tão desconhecido para outros e tão familiar para mim. Sou um duplo, metamorfoseado pelas agruras do garimpo.

Depois de uma semana do ocorrido, voltei ao garimpo todo desconfiado e cheio de recomendações de meu pai: "Não abrir a boca para nada, só para comer e beber água". Ninguém falava sobre o ocorrido, não sabia o que Tião Gago tinha contado para os colegas de infortúnios, mas também não vi o Tião por ali. Não podia perguntar nada a meu pai, mas eu sei que Mário Periquito tinha a língua solta — na primeira oportunidade, eu perguntaria a ele. E foi ele que me colocou naquela roubada. Para minha surpresa, Mário Periquito também não estava no garimpo; deveria estar doente. Os dias passaram e nada! Nem Tião Gago, nem Mário Periquito voltaram. Até que um dia me aproximei de Sem Orelha e perguntei baixinho:

— Sem Orelha, você tem notícia de Tião Gago?

Sem Orelha me olhou com olhos arregalados, conferiu se tinha alguém nos observando e falou tão baixinho que quase não consegui entender:

— Assunto proibido aqui. Tião Gago parece que voltou naquela mesma noite para sua terra. E quem falar o contrário se condena... Você sabe o que aconteceu com Mário Periquito, não sabe? Então, esqueça! E você mais ainda, porque estava junto com Tião naquela tarde... Mas ninguém aqui te entregou, nem Capanga Suja abriu o bico. Eles queriam saber sobre o molecote que foi à Fazenda Diamantina sem ser convidado e ofendeu o patrão. Porém, ninguém sabia nada da nossa combinação, exceto Mário Periquito, aquele conversador. Não podia beber que falava pelos cotovelos. Morreu sem a língua. E você esqueça o que viu e o que ouviu e falou lá na fazenda.

Como eu não sabia de nada, apenas balancei a cabeça, porém não esqueci. Sabia o quanto meu pai andava nervoso em casa e pedindo para não encostar no garimpo por algum tempo. E a sua agitação eu atribuía à cachaça; parecia que não queria mais parar de beber e se lamentar das maldades daquele lugar. E sempre dizia que um dia sairia dali para nunca mais voltar. Quando chegasse a sua vez, não faria como Tião Gago, não contaria para ninguém. Sonho é assim, só pode compartilhar com companheiros sonhadores como a gente; se falar para pessoas invejosas e ambiciosas, elas roubam ou boicotam nossos sonhos. Eles roubaram o sonho de Tião Gago. Uma pessoa que não tinha nem uma língua direita, mas uma língua capenga, toda quebrada, motivo de chacota para os outros. Menos para Dona Femina, que sabia na pele o que era sofrer preconceito. No entanto, em vez de se lamentar, jogava sua mágoa no papel, não seria queima de arquivo.

4

A DONA FEMINA

Dona Femina não era a única sofredora daquele lugar. Mulher de Zé Grande, tinha que ser uma mulher raçuda para cacete, negra, cabelo preso nas tranças, beleza rara e sempre buscando um jeito de esconder. Minha mãe era dona de uma sabedoria muito grande. Ela sabia que mulheres às margens de um garimpo não eram vistas com olhos do bem; sempre se referiam às mulheres como raparigas.

Aqueles homens se embrenhavam naquelas grutas por dias, e a mulher era para eles um objeto de prazer e consumo. Dona Femina chegou às bandas do garimpo bem jovem, mocinha adolescente para trabalhar num lugar impregnado de homens. Os homens eram proprietários da Fazenda Diamantina, mas eu só tive conhecimento da sua história ao pegar os cadernos velhos de minha mãe; por meio daquelas letras bonitas fui conhecendo a sua história negada. Uma história de luta, dor e coragem. Quando peguei os 15 cadernos, um para cada ano, quase não acreditei naquilo que estava escrito: não sabia em que momento Dona Femina parava para escrever, e, mais, diante de tantas batalhas, ainda sobrava tempo para sonhar. Vou tentar transcrever o que li, sem dúvida, minha mãe é a mulher mais incrível que conheço, mas precisava fazer aquela leitura em voz alta para saber qual recorte pretendia ocultar e qual transcrever.

...

Hoje, cheguei à Fazenda Diamantina, tenho apenas 15 anos, moça órfã. Foi meu padrinho quem me trouxe. Meu padrinho era um homem bom, mas, com a casa cheia de filhos, não tinha condição de aceitar mais uma boca. É muito triste você não ter com quem conversar, com quem se queixar, e estou apavorada. Antes de meu padrinho me largar aqui, agarrei-me a ele desesperada, pedindo para não me deixar ali sozinha, mas ele foi duro feito pedra. Disse coisa que naquela hora não entendi. Mas ele disse que a minha presença ameaçava o casamento dele, eu era muito bonita, mas não queria ser tentado com a minha presença; foi a minha madrinha quem pediu que ele arranjasse um local para eu ficar. E ele via que minha madrinha tinha razão, pois precisava se livrar de mim, com urgência, porque eu era uma negra bonita.

A sala estava cheia de homens, e eu fiquei como se estivesse numa exposição no mercado de escravos. Meu padrinho falava sobre as minhas qualidades na cozinha, dizia que eles não teriam problemas com a lei, pois eu precisava urgentemente de um local para ficar, era uma pessoa sozinha no mundo, sem eira, nem beira. E isso parecia encantar aqueles homens da Fazenda Diamantina, como se tivessem famintos e eu era a carne negra disponível. Apenas um rapazote, o Carlinhos, pareceu se preocupar comigo e falou que me mostraria a cozinha. Doce engano! Antes de chegar à cozinha, ele passou a mão tocando meus seios, tão pequenos e já sendo apossados. Assustada e ao mesmo tempo extasiada, pois ninguém havia me tocado de forma tão íntima, fugi para o quintal.

Era com os bichos que eu conversava, falava dos meus problemas, da saudade que eu tinha da minha mãe. Do meu padrasto não sentia falta alguma, mesmo porque, depois que minha mãe morreu, ele queria que eu dormisse na cama de minha mãe; não aceitei, ele ficou agressivo, e não restou alternativa, a não ser fugir para morar com a minha madrinha. E eu achava que ela gostava de mim, chamava-me de "minha neguinha linda"; cresci, ela mudou muito, e já me perguntava se eu tinha namorado. Apesar de sempre falar a verdade, ela parecia não acreditar em mim. E agora, o mocinho mimado do Carlinhos.

Estava na cara que Carlinhos queria algo comigo, e isso irritou as outras empregadas que já tinham passado pelos mesmos infortúnios. E os trabalhos mais pesados ficavam por conta da negrinha assanhada que chegou à Fazenda Diamantina. Era fácil fugir de Carlinhos, a Fazenda era muito grande. E seus irmãos deixaram o caminho livre para o caçula, afinal ele precisaria mostrar que era homem. E ali, tudo que estava naquela propriedade tinha dono. Eu, mesmo sem saber, tinha um dono quando pisei naquele local.

Passei quase um ano escapando de Carlinhos; sabia que ele só queria me levar para o quarto dele para se divertir comigo. Um dia estava na pia lavando pratos, Carlinhos chegou por trás e ficou me bolinando; tão nervosa fiquei que quebrei um prato e me cortei. Ele nem se incomodou, saiu sorrindo e ainda me chamou de desastrada e disse que descontaria no meu salário. Naquele dia me dei conta que nunca havia recebido nenhum salário. Estava prestes a completar 16 anos. Estudava feito louca na biblioteca da fazenda, local que ninguém gostava de limpar, devido à quantidade de livros. Eu gostava, vivia trancava lá dentro e lendo à vontade. Como as empregadas pegavam no meu pé, não dizia que gostava de leitura, senão seria proibida de entrar na biblioteca. Ia à biblioteca fazendo de conta que ia a um matadouro; enquanto elas riam por fora, eu estava rindo por dentro.

Certo dia, as moças da Fazenda Diamantina estavam animadas porque naquela semana teria a quermesse da igreja, e muita gente dos povoados vizinhos participaria em busca de prazer. Era a única festa que as empregadas tinham permissão para frequentar fora da Fazenda Diamantina. A essas alturas, as outras empregadas já tinham se acostumado com a minha presença e estavam tagarelando sobre a roupa que usaria. Eu não tinha muita opção, apenas um vestidinho que já teve dias melhores. Mas ficar trancada dentro daquele casarão era muito sufocante. Comecei a também pensar em conhecer algum garimpeiro importante naquela festa.

Arrumei-me dentro do vestido florido; estava cada vez mais curto, eu havia crescido muito rápido nos últimos dois anos. Fiz uma nova trança, dessa vez coloquei um pequeno arranjo de flores na cabeça, combinando com as flores do vestido. Olhei no espelho, senti que estava bonita! Passei um pouco de batom, uma das poucas coisas que tinha da minha mãe, e fui me juntar às outras, que aguardavam o transporte da fazenda para nos levar. Ao chegar ao portão da fazenda, as meninas começaram a dizer piadas, que eu arranjaria mais de mil, estava muito bonita, o único problema era que eu estava parecendo uma quenga. Sorri com as brincadeiras até chegarmos à cidade, cada qual tomava seu rumo, uma não podia interferir na paquera da outra. Rindo muito, distanciei-me.

E foi ali, naquela festa da igreja, que conheci o homem mais lindo do mundo. Ele era muito forte, um negão que deixava as mulheres babando. E eu, no calor da juventude, conheci o amor da minha vida. Comecei a observar seus passos, descobri que era garimpeiro, seu nome José Pereira, mas todos os amigos à sua volta o chamavam de Zé Grande. Precisava fazer alguma coisa para ele me notar, não sabia o quê. Continuava à espreita. Não precisou esperar muito, ele veio até mim:

— Menina, você está brincando com fogo, sabia? Por que não vai atrás das suas bonecas? Você é muito nova para o mercado...

Tomei um susto daqueles. Não sabia que ele estava atrás de mim. Nem muito menos tinha me notado. Respondi nervosa, pois ele estava me tomando como uma mulher da vida:

— Não sei do que está falando...

Mas o José Pereira não era moço de muitas explicações, apenas sorriu e apontou para o meu vestido curtinho. Fez um cumprimento com a ponta do chapéu e sumiu. E eu fiquei sem entender direito o que tinha de errado em usar a minha melhor roupa, mesmo sendo um vestido simples, florido. Eu havia crescido, eu sei. Mas não tinha outro. E ele precisava ouvir o que eu tinha a dizer, andava rápido de um lado para outro, atraindo mais olhares para minhas pernas. Até que o vi numa mesa com alguns homens e fui até ele; se ele foi direto comigo, eu faria o mesmo antes de voltar para a fazenda e perder a coragem — aliás, ela nunca faltava:

— Não sou quem você me toma. Você não tem o direito de me julgar sem me conhecer. Eu não vou voltar para as minhas bonecas, porque nunca tive bonecas, mas para os pratos que me aguardam. Com licença!

Não sabia que a gesticulação feita com as mãos deixava também parte da calcinha de fora. E agora via não mais um homem me julgando, mas um grupo de garimpeiros tirando sarro com a cara de José Pereira:

— A menina jogou duro! E gostou de você, Zé Grande! Se você não for conferir, eu vou...

Risos, piadas e vergonha ficaram para trás. Sem perceber que, numa mesa mais afastada, Carlinhos com seus irmãos e capangas acompanhavam tudo em silêncio, só na fazenda tive essa revelação, da pior forma possível. Nem bem cheguei, um empregado disse que Carlinhos estava me aguardando na biblioteca, queria saber quem havia mexido nos livros dele, pois sentia falta de alguns exemplares. Tentei falar que me trocaria, mas o empregado não deixou, praticamente me arrastou para a biblioteca e me deu para o chefe:

— Olhe a gatinha, chefinho! É toda sua...

Eu tentei falar que não tirei livro nenhum do lugar, mas percebi que Carlinhos tinha bebido além da conta, e estava furioso. Nunca o tinha visto daquele jeito. E ele foi dizendo "Venha cá, suba aqui na escada e veja se meus livros estão lá em cima". Eu não podia subir com aquela roupa curta. Mas ele, percebendo a minha hesitação, falou:

— Venha logo! Nada do que você vai mostrar é surpresa para mim! Já vi você dando em cima daquele garimpeiro musculoso. Você gosta de homem rude, então eu também posso ser rude! Suba agora, eu sou seu dono! Estou mandando!

Aquilo me deixou enfurecida. Mesmo com medo, balbuciei:

— Eu não sou objeto para ter dono. Você não é meu dono!

Aquilo deixou Carlinhos muito irritado. Jovem mimado, caçula dos quatro irmãos bem mais velhos que ele. Era visível que o pedido de Carlinhos era uma ordem para todos da fazenda. E ele avançou em cima de mim, sem nenhuma piedade, senti o barulho do meu único vestido de festa sendo rasgado ao meio, com as mãos percorreu meu corpo, que lutava bravamente contra aquelas mãos, boca, dentes e língua... Eu não queria ser estuprada. Peguei um cinzeiro que estava em cima da mesa e me defendi, parei quando vi o sangue escorrer da cabeça... Gritamos juntos! Ele já desmaiando, saí correndo seminua e me escondi no meu quarto. Sabia que o pesadelo estava apenas começando. Soube que Carlinhos levou alguns pontos, teve dois cortes profundos, ninguém acreditou que ele tinha caído e se machucado, porém foi essa a versão dada, e a minha saída intempestiva foi por se assustar com o sangue e não ser acusada. Só sei que Carlinhos passou um tempo na capital baiana. Com todo carro que chegava, eu me assustava, e tinha tanto medo desse reencontro, pois sabia que seria um acerto de contas.

Dezessete anos! Dois anos naquela fazenda. Nunca mais tive oportunidade de ver o José Pereira, o meu lindo garimpeiro, porém já não estava só lendo, mas também escrevendo às escondidas. Soube que Carlinhos teve um pequeno problema com a "queda" e vez ou outra tinha lapsos de memórias. No fundo eu estava orando para que eu fizesse parte desses apagões do rapaz. Porque, mais cedo ou mais tarde, ele se vingaria, e eu fazia questão de não aparecer quando ele estava na fazenda. Até meu pedacinho de carne do almoço eu dava para Rosa me substituir, e levar uma jarra d'água à mesa ou a sobremesa. Não queria provocar a fúria daquele homem. Agora já com seus 20 anos.

Naquela noite, estava eu deitada e aliviada por mais um dia em que consegui driblar Carlinhos. Todos tinham ido à igreja, estava no meu quarto. Tarde da noite, ao levantar para beber água... Carlinhos estava em pé no canto do quarto a me observar. Tive a certeza naquele instante de que estava perdida. Ele se lembrava de tudo! Tentei sair, mas não deu certo, ele me pegou pelo braço com força e me levou, dessa vez, para o seu próprio quarto e trancou a porta. A Fazenda Diamantina estava vazia, ninguém ouvia os meus gritos de socorro.

— Aqui não tem cinzeiro para você me atingir! Você me deve e muito, e hoje quero tomar o que é meu! Não adianta gritar, ninguém vai te acudir, só sairá deste quarto quando eu permitir, quando eu me cansar, quando eu quiser. Você hoje me paga tudinho que me deve!

— Carlinhos, me deixe em paz! Você pode ter qualquer mulher, por que está querendo fazer isso comigo? Eu me guardei para o meu homem...

Carlinhos deu uma risada, debochando da minha cara. Não acreditou que eu era realmente virgem. A minha virgindade era a única coisa que tinha a oferecer a um marido como símbolo da minha pureza. E ele dizia que eu provocava os homens, depois pulava fora. Agora mesmo, segundo ele, eu o estava provocando. E de um safanão Carlinhos me derrubou na cama. Eu lutei feito uma leoa, mas dessa vez ele estava mais forte e mais preparado, passou algo em meu nariz, que não durou a fazer efeito...

Quando acordei estava totalmente nua na cama de Carlinhos, rodeada de homens sorrindo às minhas custas e sentindo muita dor por todo o corpo.

— E aí, mano, ela é boa mesmo? Podemos ficar com ela, eu ia ficar, mas, como você se interessou assim que a viu...

Outro dizia:

— Carlinhos, estou orgulhoso de você, meu menino! Eu te ensinei o que ela queria que você fizesse com ela... E agora vai deixar a mocinha com a gente ou quer mais um pouco?

E o mais velho logo disse:

Você usou camisinha, garoto? Do jeito que essas meninas são espertas, não demora ela dizer que você é papai... E essa então... até o lençol preparou com essa mancha vermelha...

Tentei me cobrir, mas eles puxavam o lençol, queriam ver se estava à altura de dormir com um dos donos do garimpo. Implorava para me deixar em paz, queria as minhas roupas. Carlinhos olhou as marcas deixadas em minha pele e, pela primeira vez, notou o lençol sujo. Falou:

— Pronto, quero ficar sozinho com minha nega. Fora! Deixe a gente a sós...

E os irmãos saíram do quarto na mesma hora, sorrindo. Enquanto Carlinhos pegou minha roupa e o cobertor que os irmãos jogaram no chão, cobriu-me, só o toque dele em minha pele fez meu corpo estremecer, com medo de começar tudo de novo, e falou que tomaria um banho e depois conversaria, retirando a mão com pressa.

— Juro, não tinha intenção... era só uma brincadeira que meus irmãos planejaram... Mas perdi o controle. Eu juro que só ia fingir... Você começou a lutar... Seu corpo é lindo!

Nada disse. A culpa era minha porque estava apenas defendendo a minha honra. A culpa era minha por ser mulher e escolher com quem eu me deitaria. A culpa era minha, se a sociedade botou na cabeça daqueles machistas que todas as mulheres que entrassem naquela fazenda eram propriedades deles. A culpa era minha por haver pessoas podres de ricas que não pagavam salário aos seus empregados. Era muito fácil para Carlinhos e os irmãos colocarem a culpa na empregada que foi dormir no quarto do patrão. A culpa era minha por não ter batido o cinzeiro com mais força quando ele me atacou na primeira vez. Agora estava com o corpo inteiro marcado de manchas roxas, meus seios doloridos, meu sexo estraçalhado, e a culpa era minha!

Peguei a minha roupa já dobrada na cadeira. Vi a carteira em cima da cômoda, tirei todas as notas... Já que me trataram como prostituta, tinha que agir à altura, meu preço seria alto. Fui correndo para meu quartinho, peguei uma sacola velha, joguei o que tinha dentro e saí pelos fundos. Antes, peguei uma faca afiada da cozinha e algumas frutas. Saí sem destino, mas com uma certeza: homem algum encostaria a mão em meu corpo sem a minha permissão. De um lado, se eu andasse, eu sairia no garimpo; pelo lado contrário, chegaria à cidade. Este seria o local mais provável de me encontrar, então fui para o lado do garimpo. Caminhei, corri e chorei como uma fêmea ferida, mas viva.

5

O FILHO DO GARIMPEIRO

Já dava para ouvir o barulho dos homens conversando; era hora de almoço. E de longe sentei à beira do rio para apreciar também o meu almoço — as frutas que carreguei na sacola. Sabia que sexta-feira muitos homens voltavam para casa; quem sabe encontraria José Pereira e pediria ajuda. Mesmo com aquela carranca toda, acho que o meu garimpeiro é um homem de bem. Nem bem descansei de um ataque, um homem chega por trás e me derruba, já arriando as calças...Por um momento, pensei que Carlinhos tivesse me encontrado, mas o pesadelo já era com outro...

Até quando a mulher precisa viver se defendendo dos ataques masculinos?

— Sabia que estava com saudade de uma mulher, minha linda?

Eu vi que ele era forte e estava na mesa com José Pereira naquele dia. Ele tinha orelhas enormes, e que destino! Estava fugindo de um homem que se apossou do meu corpo e caio nos braços de outro homem com as mesmas intenções. Provavelmente, era amigo de José Pereira. Eu precisava me defender de novo, primeiro do meu padrasto, depois de Carlinhos, e agora mais deste...

— Saia de cima de mim! Estou procurando José Pereira! Me solte, senão vou gritar!

O homem orelhudo disse sorrindo:

— Gatinha, você vem para o matadouro e não quer ser abatida? Seu grito só vai reunir mais parceiros sedentos como eu... Se você veio para cá, é porque você quer o mesmo que eu...

— Não! Por favor, não!

O homem orelhudo pega a minha blusa e rasga de fora a fora, deixando os seios à mostra. Aquilo não se repetiria. Quando ele aproximou a boca do meu seio, perdeu uma orelha. E o grito foi tão intenso que só deu tempo de correr e me chocar contra um paredão chamado Zé Grande e desmaiar. E foi Zé quem me levou para sua casa às escondidas, porque todos estavam à caça da rapariga que arrancara a orelha daquele garimpeiro e fugira. E os boatos foram surgindo, uns diziam que foi vingança de Tião Gago por conta do ocorrido, outros diziam que foi assombração. Ninguém viu quem foi a moça, só encontraram uma orelha no chão.

A vida com José Pereira não era nada fácil, eu vivia escondida com medo de os Donos do Garimpo me descobrirem, e com medo de o homem sem orelha se vingar. Passei o dinheiro roubado para José para ele comprar uma passagem só de ida para a capital para mim. Ele me prometeu deixar a poeira baixar por algumas semanas, depois ele compraria. Falei a ele tudo que acontecera comigo. Não sei se acreditou, ouviu sem dizer nada, acho que só acreditou quando eu abrir a roupa e mostrei as marcas que os dois homens deixaram em mim. Ele me disse para eu ficar tranquila, porque não tinha costume de dormir com garotinhas; mesmo sabendo que me fizeram mulher contra minha vontade, eu não passava de uma garotinha. Só não entendia como eu conseguira arrancar a orelha de um homem forte como Manoel. E eu mostrei a faca afiada que escondia, no meio do saco de roupas. Pela primeira vez, ganhei um sorriso e o respeito de José Pereira.

Eu sabia que Carlinhos com os seus capangas rondaram o garimpo investigando se uma moça negra, bonita, cabelos com tranças longas tinha aparecido por lá, mas ninguém sabia. Ela estava sendo procurada, porque algumas joias sumiram da fazenda... Mas apenas um garimpeiro de lenço e chapéu disse:

— Se ela aparecer, pode deixar que eu mesmo mato! Ela arrancou minha orelha!

Carlinhos encostou perto e disse:

— Por que ela arrancaria sua orelha?

— Ah, só porque eu quis um pouco de diversão. Se veio para cá com os peitinhos à mostra...

Carlinhos ficou furioso e disse:

— Se ela vier aqui, não encoste o dedo nela. Deixe-a comigo! Se encostar você fica sem orelha alguma. Entendeu? SEM ORELHA!

O silêncio tomou conta do garimpo. E aquele garimpeiro ganhou um novo nome: Sem Orelha. Zé Grande também foi sondado, porém deu uma de "joão sem braço", pois nem sabia que moça era, tinha uma noiva esperando por ele na sua cidade... Naquele dia, Zé Grande percebeu que tudo que eu havia contado era verdade e decidiu que a joia mais preciosa da fazenda era eu. E assim com ele uma vida nova começaríamos, mas os enjoos apareceram.

Imagine o meu desespero! Grávida de um dos donos do garimpo... Se antes da minha fuga ninguém acreditaria em mim, imagine depois da fuga e da orelha que cortei de um homem. José Pereira ficou arrasado! Ele, assim como eu, era contra o aborto, mas naquele ambiente não tinha espaço para uma criança... Se fosse menina, poderia ter o mesmo destino que o meu. Ele disse:

— Eu vou viajar, passo dois dias fora! E, quando eu voltar, volto casado.

Fiquei desesperada com aquela notícia. E ele percebeu a minha angústia, deu um sorriso lindo e disse:

— Vamos sair daqui de madrugada para ninguém ver a gente, falo que vou para minha terra, perto de Itaberaba. Precisamos arranjar um nome para você, porque Mariana não pode, senão eles vêm atrás de você! Ah, não saia de casa de forma alguma, estou vendo uns capangas do garimpo rondando o barraco.

Como eu era leitora ávida da literatura feminina, escolhi Femina. Assim fizemos. Eu não parava de orar que nascesse um homem para ajudar o pai no garimpo. E tive que tomar a decisão mais dura da minha vida, quando estava com oito meses de grávida. Uma adolescente foi encontrada morta nas bandas do garimpo, vítima de abuso sexual. Era a terceira só naquele ano. Aquilo deixou Zé indignado, e chegou me dizendo que, se fosse filha, nós teríamos que dar para adoção. Ele não queria se preocupar com menina próximo do garimpo. Tentei argumentar, e ele foi taxativo:

– Não quero filha de outro homem em minha casa! Com certeza, vai atrair os moleques de rua para minha porta. Já está decidido: se for menina, eu não quero!

Finalmente, completou os nove meses, já havia combinado com minha comadre parteira que tinha tido um menino há poucos dias. Estava me acabando de dor, mas não queria que Zé soubesse. Ele só saberia depois do parto. Não sei o que doeu mais, o parto ou a omissão de gênero...

Não podia separar de minha filha, Antônia Maria. Zé, ao chegar do garimpo, encantou-se com seu varão: sempre disse que chamaria Antônio, mesmo nome do seu pai. Tony crescia agarrado com o pai, como um Filho do Garimpeiro. E eu tive que contar para ela, ainda criança, a minha dor em transformá-la homem, naquele ambiente tão rude. Minha filha era tão esperta e aceitou de boa, era divertido conviver com tantos homens e ninguém perceber a "Diadorim" do garimpo.

Quanto mais minha menina crescia, mais os traços da família biológica apareciam, disfarçados nos cabelos curtos lisos, chapéu grande, roupas folgadas. Mas não saia da minha memória a alegria de Zé quando falei que havia nascido seu varão. Tive mais duas perdas, parecia castigo. Os filhos do amor meu e de Zé não vingaram. Queria ter coragem para contar a verdade sobre a troca de alguns minutos que fiz com a comadre. Ela ficou com medo de Zé descobrir, mas aceitou ajudar uma mãe desesperada a ocultar sua filha para livrá-la dos estupros frequentes naquele local.

– Ainda bem! Quero ver se é macho mesmo! – desenrolou a criança e ficou contente com o que viu. Ao sair para comemorar o nascimento do Filho do Garimpeiro, a troca das crianças se desfez. Não tinha como voltar atrás, e agora Tony, mais uma vez, estava correndo perigo, e eu, como uma loba, farei de tudo para proteger minha cria. Dessa vez, tinha o apoio de Zé.

A gente não queria que Tony morresse naquele lugar, então providenciamos uma casa em Itaberaba, aproveitamos o incidente com Tião Gago e despachamos o menino. Lá Tony poderia ter a vida que desejasse, longe dos olhos dos donos do garimpo e do pai Zé Grande. A pedra tão sonhada apareceu, e, como combinado, ninguém soube. O que não é visto não é também desejado. O futuro de Tony estava garantido. Só que o destino dá as voltas que até o cão duvida. A menina conheceu Mariana no colégio e se tornaram grandes amigas, apesar de os colegas acharem que elas eram gêmeas. E, numa carta para mim, ela conta que havia conhecido a filha de um dos donos do garimpo; ela era muito legal... Nas férias ela disse que voltaria, e não queria mais ser chamada de Filho do Garimpeiro. Teria que preparar Zé para aceitar tal notícia. Tantos anos convivendo com Tony... não sei se me perdoará ao saber que esse é o meu único segredo que escondi dele. Mas escondi por amor.

Contei a Zé que recebi uma carta de Tony, não estava gostando da amizade dele com a filha de Carlinhos. Não tive coragem de revelar o segredo. Naquela noite, Zé Grande parecia que queria acabar com a cachaça do mundo. E resolveu abrir a boca como nunca havia feito.

— Ele não vai botar as mãos na minha menina! Ele não vai botar as mãos na minha menina!

A cachaça fazia Zé delirar, não sabia de que menina ele estava falando, nem quem era esse "ele". Só mais tarde fiquei sabendo que Zé tinha ido à Fazenda Diamantina atrás de Carlinhos para contar tudo. Viu Carlinhos ficar azul, vermelho, roxo de raiva. Saber que Mariana sempre esteve em sua cidade. Saber que a sua Mariana havia se deitado com outro homem. Saber que a sua Mariana negou a ele o direito de conhecer o próprio filho. Logo ele, que só tinha tido uma menina, queria conhecer o filho para saber se era dele mesmo. Sem esperar, recebeu um soco no rosto. E na confusão Zé Grande recebe um tiro no peito.

Nada mais me prendia naquele lugar. Zé se foi. Agora só restava enterrar. Estávamos aguardando o Filho do Garimpeiro, que foi avisado do ocorrido. A polícia alegou disparo acidental em legítima defesa. Zé Grande estava muito alterado por conta da cachaça e atacou o dono da fazenda. Carlinhos foi ouvido e liberado. E de repente o choro e os lamentos cessam. O carro da Fazenda Diamantina para, e duas moças lindas descem, quase da mesma idade. Entram altivas sem se incomodarem com os olhares dos garimpeiros. Tony abraça a mãe e entre lágrimas agradece o grande pai que Zé tinha sido. E a mãe pede desculpas à filha por ter feito enganar o pai daquele jeito. E Tony, com um sorriso triste, responde:

— Minha mãe, pai nunca foi enganado. Ele sabia que eu era mulher!

— O quê? Ele nunca me disse nada...

— A senhora nunca reparou que ele nunca me chamou de Tony, nem de Filho do Garimpeiro? Um dia ele me pegou urinando agachado... Eu devia ter uns oito anos. Sorriu muito, porque me disse que estava preocupado com os meus traquejos femininos... Só disse que a Mariana era uma grande mulher quando falei por que eu tinha que me comportar como um menino.

— Ele nunca me disse nada... Ele era realmente um grande homem.

— Ele me pediu para não falar nada para a senhora não preocupar, pois sabia que isso a deixaria apavorada por minha causa. Porém, os tempos são outros, os direitos estão sendo cobrados e exigidos que se cumpram. Preconceito é crime!

Realmente o Zé Grande foi um homem grande. Protegeu sua família até o último momento. Tony chama a amiga e apresenta a mãe, dizendo quanto ela foi parceira e conhecia a sua história do tempo que passou no garimpo. Femina não queria mais guardar nenhum segredo, a vida nova que estaria por vir não teria espaço para mentiras. Falou que depois do enterro teria uma conversa com as duas moças. Agora cabia a ela proteger o seu tesouro. Houve um tempo em que o tesouro que ela achava que possuía havia sido tomado à força, agora ela via o que realmente importava na vida de alguém. E família é um bem preciso, precisaria ser sempre preservado. Arrependida? Não!

A conversa era difícil, mas não poderia ser adiada, principalmente porque Antônia Maria pretendia acompanhar a amiga até a Fazenda Diamantina, e qualquer um olhando para as duas notava as semelhanças. Naquele local, logo, logo a notícia se espalhava como pólvora. Na verdade, elas eram como se fossem gêmeas. Os cabelos, olhos, pele, traços dos donos do garimpo. E Dona Femina começa dizendo que o nome dela nem sempre foi aquele, mas Mariana, diante dos olhos arregalados das duas moças, relata como chegou até a Fazenda Diamantina, o estupro, as emboscadas que mataram Tião Gago e depois o Mário Periquito, o envolvimento com Sem Orelha, a gravidez, a cumplicidade de Zé Grande e a inquietação ao saber que o filho estava voltando... aliás, filha, já que ele sabia de tudo.

Mariana, filha do Dono Carlinhos do Garimpo, esteve calada todo o tempo, ficou de pé e disse:

— Então, foi a senhora que acabou com a felicidade da minha mãe?

Dona Femina tomou um susto, pois nem sabia quem era a mulher de quem ela estava falando.

— Eu? Nem sei quem é sua mãe!

— Claro que sabe! Destruiu o nosso lar e fugiu. Meu pai não conseguiu esquecê-la pela maldade que fez a nossa família. A senhora, ao sair, botou fogo na biblioteca do meu avô. Todos os livros raros foram queimados! E seu nome ficou proibido de ser pronunciado lá na Fazenda Diamantina, pelo jeito até o meu nascimento. E, quando seu esposo falou da sua existência bem aqui, embaixo do nariz, meu pai deve ter perdido a noção da razão. Ele tem uns surtos de memória devido a uma queda na biblioteca.

— O quê? Nunca queimei nada! Saí transtornada e a única coisa que peguei foi o dinheiro na carteira de seu pai e uma faca na cozinha. Mas, ao sair do quarto, me deparei com uma moça furiosa no corredor.

— Ah? Como era essa moça?

— Muito branca, cabelos loiros com olhos verdes furiosos me olhando...

— Minha mãe! Interessante, meu pai nunca falou do dinheiro roubado.

Depois de tudo esclarecido, mesmo assim, Antônia Maria queria vê-lo de perto, só viu uma vez há muito tempo. Mesmo a mãe dizendo que poderia ser perigoso. Ele poderia reconhecê-la e fazer com ela o mesmo que fez com Tião Gago e Mário Periquito. Ela disse que não teria problema, saberia se defender.

Sem ninguém perceber, Antônia Maria leva um gravador portátil na bolsa. Na Fazenda Diamantina, os Donos do Garimpo — agora parcialmente desativado aquele tão cobiçado garimpo — estão reunidos na sala. E olham espantados para as duas moças que entram juntas. Um deles quebra o clima:

— Mariana, não sabia que estava chegando... nem que tinha uma irmã gêmea.

Mariana sorri, abraça os tios, e o pai parecia que estava em estado de choque. E ela brinca:

— Pai, não vai abraçar suas filhas?

Antônia Maria, que até então estava em silêncio, corrige:

— Meu pai já morreu. Infelizmente, um disparo acidental o levou... O senhor conheceu? José Pereira, mais conhecido como Zé Grande, se foi, da mesma forma que Sebastião Gago, Mário Periquito...

O Dono Carlinhos do Garimpo engasga. Recompondo-se, diz:

— Quem é você? O que faz aqui? Como pode saber dessas pessoas, se nunca a vi por aqui?

— Sou Antônia Maria, filha de Mariana, aquela que o senhor estuprou em parceria com os senhores. Mas como eu sei? O senhor pode me chamar de Filho do Garimpeiro, que discutiu com o senhor uns anos atrás, nesta mesma sala, por causa do diamante de Tião Gago.

E antes de sair grita:

— AH! QUEM QUEIMOU A BIBLIOTECA NÃO FOI MINHA MÃE, MAS SUA ESPOSA! ELA APENAS ROUBOU SEU DINHEIRO, JÁ QUE VOCÊS A TRATARAM COMO PROSTITUTA!

Sentado, tremendo, olhos acusadores em sua direção, Carlinhos vai para o quarto. Seus irmãos o seguem:

— Queremos uma explicação! Que esposa? De quem ela está falando? Que incêndio? Você nunca se casou!

Carlinhos, deitado, fala:

— Eu violentei Mariana. Ela era virgem, vocês me falaram que faziam sexo com ela. Vocês me enganaram. A primeira vez, ela quase me mata com o cinzeiro para se defender. E depois, para não correr o risco de ela me atacar de novo, eu a apaguei e a possuí várias vezes... Depois daquela humilhação, tentei corrigir, mas ela sumiu. E eu sabia que, se eu falasse que ela fugiu e me roubou, vocês a perseguiriam até no inferno. Eu a vi fugindo com todo o meu dinheiro e deixei até vocês notarem a ausência dela. Como a prima Vanda estava aqui, pedi a ela para fazer de conta que era minha namorada e que não me importava mais com Mariana. Só que não sabia que prima Vanda estava interessada em mim. Deve ter feito o resto, simulado o incêndio para acusar Mariana. Eu sabia que não foi ela, mas era um segredo nosso. Mariana saiu cedo, e o incêndio foi a tarde, depois que Vanda encontrou a calcinha de Mariana na minha cama. E o resto vocês já devem saber... Vigiei uns tempos o barraco de Zé Grande. Como ele havia se casado com uma moça da cidade... desisti de procurá-la. E ela sempre esteve pertinho de nós. Quanto mal eu fiz a essa moça!

— E agora, o que você vai fazer, Carlinhos? Essa moça não deve te denunciar por crimes que aconteceram há 20 anos... Todos prescritos. Quer a nossa ajuda?

— De forma alguma. Agora é esperar, não posso nem negar que é minha filha, ela é a minha cara e tem a mesma personalidade forte de Mariana. É uma pena que Vanda morreu de parto, tão nova; ela me entendia. Se fez algo condenável, foi por amor. Mas vou na próxima semana ao cartório corrigir meu testamento, não é justo o que fizemos com essas mulheres.

Após o enterro de Zé Grande, o garimpo fervilhava:

— Como pode? O Filho do Garimpeiro era uma menina?

— Você engoliu essa, Mané? Ali é porque o moleque quis mudar de gênero...

— Nada disso. Eu vivia desconfiado. Alguém já viu Filho de Garimpeiro tomar banho no rio pelado como a gente? Só caia na água com a roupa, dizendo que era para esfriar, pois o calor era intenso.

— Oh, compadre, o Filho do Garimpeiro é *gay*.

Até que chega um que não aceita falar do outro na ausência, dá um basta naquele falatório sem sentido:

— Oh, gente, por que vocês não vão cuidar da vida de vocês? Meu amigo Tião Gago, que Deus o tenha, me disse que o menino era valente feito touro, enfrentou o tal do Carlinhos para defender um de nós, sabia? Se o Filho do Garimpeiro era menina, puxou a mãe, mulher de coragem, fez tudo isso para esconder a filha da gente. Ela viveu tanto tempo escondida com medo da gente, de homens como eu. E isso me envergonha e muito. Porque somos nós que estamos tratando as mulheres como objetos. E isso tem que parar! Isso tem que acabar! Não vou mais esconder a minha vergonha!

E, num gesto de revolta, arranca o lenço e o chapéu para que todos vissem a ausência da sua orelha. Não foi nada combinado, mas os aplausos surgiram tímidos. De repente o garimpo em peso estava aplaudindo o Sem Orelha. Uma nova história poderia estar começando ali.

Os meses se passaram, nenhuma notícia de Antônia Maria nem de sua mãe, Mariana-Femina. Parece que as duas "mulheres lobas" (como elas eram chamadas na Fazenda Diamantina) sumiram do mapa. Até que chegou o Natal. Todos tinham o costume de se reunir em torno da árvore de Natal na Fazenda Diamantina. E Mariana, filha de Carlinhos, estava passando as férias na fazenda. Ninguém teve a coragem de perguntar se ela tinha notícia da meia-irmã. Na hora da troca de presentes, Mariana entrega um lindo chapéu ao pai e diz, sorrindo:

— Como o senhor teve duas filhas, ganhará dois presentes!

E entrega uma caixa pequena de veludo. Ao abri-la, vê um livro de título *O Filho do Garimpeiro: narrativas de uma mulher oculta*. Ao derrubar a caixa, o livro cai aberto na dedicatória:

"Aos donos do garimpo que tentaram me paralisar, mas nunca conseguiram, porque sou mulher! – Mariana Felina".

Mariana recolhe o livro, coloca-o de volta nas mãos de seu pai, deposita-lhe um beijo no rosto e sai tranquilamente para encontrar-se com sua irmã ao portão da Fazenda Diamantina. Afinal, elas estavam sendo aguardadas na festa de lançamento do livro da mulher felina. Uma mulher como outra qualquer, capaz de praticar loucura para proteger sua cria, capaz de matar diariamente o preconceito e o machismo do caminho, para continuar escrevendo, estudando, frequentando as bibliotecas e sonhando com dias melhores, sem culpa alguma de ser mulher.

EPÍLOGO

Não queremos ser queimadas nas fogueiras das Inquisições contemporâneas, nem continuar escondendo as nossas escritas atrás de um pseudônimo masculinizado. Não gostaríamos de ser julgadas por causa das roupas usadas, dos comportamentos assumidos, das amizades cultivadas, como aconteceu com a adolescente explorada na Fazenda Diamantina. Femina ou Mariana traz na pele as marcas do preconceito racial, as dores de uma mulher negra que precisa anular-se para continuar existindo, invisibilizando e metamorfoseando também o seu maior bem. As mulheres escrevem! As mulheres estudam! As mulheres aprendem rapidamente a lidar com as engrenagens do sistema.

E, na força e coragem de Femina, as peças vão sendo trocadas, ela coloca cada um diante de si mesmo, porque, quando enxergamos as nossas falhas como possibilidades de novos acertos, aos poucos as mudanças aparecem. Mas, enquanto os próprios atos negativos não nos assustam, estes continuarão imutáveis, naturalizados nas ações dos donos dos garimpos da vida, com os múltiplos tentáculos dispostos a capturar mulheres para suas fábricas com salários mais baixos, para as cozinhas alheias em troca do alimento, e até para o fundo do poço ao apoderarem-se do corpo e da vida das mulheres como se fossem donos.

O garimpo é o local da anulação do ser, porém é lá que muitas transformações acontecem. No garimpo há exploração do homem pelo homem, no entanto, é no garimpo que os sonhos mais altos acontecem. O sonho da liberdade! O sonho da esperança! O sonho da ruptura! E estes sonhos são acalentados por muito tempo, até chegar ao Filho do Garimpeiro.

O Filho do Garimpeiro sai da zona de desconforto em que vivia há muitos anos e, ao mergulhar no mundo das letras, assume a própria identidade, vai além da aceitação, faz com que outras pessoas possam mudar de vida, ao aceitarem os erros passados como perspectivas para acertos futuros. Os garimpos guardam segredos não revelados, mas nada escapa da sagacidade de Mariana – fantasma para uns, mistério para outros. Inegavelmente, uma mulher forte, inteligente, ferida no corpo e na alma, mas viu nas escritas um caminho para cura e libertação. Ora uma fera ferida, ora uma ferida que fere sem jamais deixar de acreditar num lugar livre dos feminicídios e da violência contra a mulher. Mulher, negra, felina sim, em prol da vida de Maria Antônia, ataca com as garras – canetas – e faz surgir Tony, uma desconstrução e escudo do/para Filho do Garimpeiro.